AF355722

19 Avril 1907

VENTE

HÔTEL DROUOT, SALLE Nº **9**

Du Vendredi 19 Avril 1907

à deux heures

EXPOSITION PUBLIQUE

Le Jeudi 18 Avril 1907

de 1 h. 1/2 à 5 h. 1/2

FAIENCES & PORCELAINES

ANCIENNES

COMMISSAIRE-PRISEUR

Mᵉ **LAIR-DUBREUIL**

EXPERTS

MM. **PAULME & B. LASQUIN FILS**

CATALOGUE

DES

Faïences et Porcelaines

ANCIENNES

ALLEMAGNE, ARRAS, CHANTILLY, CHINE, COMPAGNIE DES INDES,
DELFT, FAENZA, FRANKENTHAL, JAPON, LILLE,
LOCRÉ, MARSEILLE, MIDI, MOUSTIERS, PARIS, RHODES, ROUEN,
SAXE, SÈVRES, SAINT-PÉTERSBOURG, STRASBOURG,
VIENNE, ETC., ETC.

Dont la vente aura lieu

HOTEL DROUOT, SALLE N° 9

LE VENDREDI 19 AVRIL 1907

A DEUX HEURES

COMMISSAIRE-PRISEUR	EXPERTS
Mᵉ F. LAIR-DUBREUIL	MM. PAULME et B. LASQUIN fils
6, rue Favart, 6	10, r. Chauchat] 12, rue Laffitte

EXPOSITION PUBLIQUE

Le Jeudi 18 Avril 1907, de 1 h. 1/2 à 5 h. 1/2

CONDITIONS DE LA VENTE

Elle sera faite au comptant.

Les adjudicataires paieront *dix pour cent* en sus des enchères.

Paris.— Imprimerie de l'Art, Ch. Berger et Cⁱᵉ, 41, rue de la Victoire.

DÉSIGNATION

1 — ALLEMAGNE. Tasse et soucoupe, deux cafetières, décor en couleur de paysages.

2 — ALLEMAGNE. Petit compotier long, bouquet de fleurs et bordure bleue.

3 — ALLEMAGNE. Groupe de deux enfants en biscuit émaillé blanc.

4 — ARRAS. Soupière ovale couverte, décor bleu.

5 — ARRAS. Quatorze plats variés de dimension, décor bleu.

6 — ARRAS. Deux sucriers, dont un couvert, décor bleu.

7 — ARRAS ET CHANTILLY. Douze pots à crème couverts, décor bleu.

8 — ARRAS ET CHANTILLY. Trois sucriers à poudre couverts.

9 — ARRAS. Beurrier couvert, deux présentoirs et cinq soucoupes, décor bleu.

10 — ARRAS. Deux assiettes à pâte gaufrée et couronne de liseron en bleu.

11 — ARRAS. Saucière à deux anses, décor bleu.

12 — BORDEAUX. Tasse et soucoupe ; fleurettes et filets bleus.

13 — CAPO DI MONTE. Coffret rectangulaire couvert, scènes mythologiques en couleur, avec dorure. Monture en bronze.

14 — CHANTILLY ET ARRAS. Deux cents assiettes (dont neuf creuses), décor à fleurettes.

15 — CHANTILLY. Quatre-vingt-dix assiettes (dont vingt creuses), décor en bleu à œillet et marli gaufré.

16 — CHANTILLY. Vingt-quatre compotiers variés de grandeur, décor bleu.

17 — CHANTILLY. Paire de petits cache-pot à anses coquilles, décor bleu à fleurettes.

18 — CHANTILLY. Deux moutardiers, une saucière et deux raviers, décor bleu.

19 — CHANTILLY. Sucrier à poudre, couvert et plateau, décor bleu à fleurettes.

20 — CHANTILLY. Douze tasses et soucoupes à décor bleu.

21 — CHANTILLY. Cinq petites tasses et soucoupes à décor bleu.

22 — CHANTILLY. Coupe à deux anses, décor coréen, en couleur.

23 — CHANTILLY. Compotier, décor bleu à fleurettes.

24 — CHINE. Trois grands vols, en bleu et couleur.

25 — CHINE. Petite bouteille à col évasé ; réserves à personnages et animaux.

26 — CHINE. Plat creux, branches fleuries et petite bordure.

27 — CHINE. Huit assiettes, fleurs en couleur et petite bordure.

28 — CHINE. Neuf petits plats ou assiettes, décor varié en couleur.

29 — CHINE. Paire de grands vases à réserves avec personnages ; montures en bronze formant candélabres.

30 — CHINE. Vase pitong, décor en couleur.

31 — CHINE. Deux plats, décor varié en couleur.

32 — COMPAGNIE DES INDES. Paire de petites po-
tiches : fleurs en couleur.

33 — COMPAGNIE DES INDES. Huit assiettes en
émaux de couleur.

34 — COMPAGNIE DES INDES. Plat long, bouquet
au centre, guirlandes au marli.

35 — COMPAGNIE DES INDES. Couvercle de soupière formant suspension, décor en couleur.

36 — COMPAGNIE DES INDES. Grand bol, décor à
personnages.

37 — COMPAGNIE DES INDES. Six plats, variés de
grandeur et décor en couleur et dorure.

38 — COMPAGNIE DES INDES. Plat rond : rocher
et arbustes.

39 — DELFT. Deux assiettes, décor bleu varié.

40 — DELFT. Neuf petits plats, décor bleu varié.

41 — DELFT. Six plats plus grands, décor bleu.

42 — DELFT. Huit assiettes, décor varié polychrome.

43 — DELFT. Onze plats, décor varié polychrome.

44 — DELFT. Soucoupe à décor en couleur et dorure : fleurs, oiseaux et lambrequin.

45 — DELFT. Deux plats ronds, décor bleu et rouge. Montés en coupes.

46 — DELFT. Petite potiche et plat à godrons, décor bleu.

47 — DERBY. Assiette décorée au centre d'un écusson, avec oiseau et initiales; bordure à rinceau.

48 — FAIENCE MODERNE. Trois plateaux variés de décor.

49 — FAIENCE MODERNE. Quatre vases ou jardinières, décor bleu.

50 — FAIENCE MODERNE. Deux supports-tonnelets, décor bleu.

51 — FAIENCE OU PORCELAINE MODERNE. Deux assiettes, à décor bleu et un présentoir avec fleurs en relief.

52 — FAENZA. Paire de cornets de pharmacie, décor à réserves sur fond de couleur. XVIe siècle.

53 — Faenza. Pot de pharmacie à deux anses, médaillon et attributs sur fond bleu. XVIᵉ siècle.

54 — Frankenthal. Plat à quatre lobes, décor en couleur, au centre oiseaux sur un arbuste; marli à quadrillé et fleurettes.

55 — Hispano-Mauresque. Plat rond à reflets métalliques.

56 — Hispano-Mauresque. Plat à ombilic à reflets métalliques et bande bleue.

57 — Hispano-Mauresque. Plat analogue au précédent.

58 — Hispano-Mauresque. Plat à. reflets, marli à compartiments.

59 — Italie. Plat creux, au centre : Cavalier; marli à compartiments.

60 — Italie. Deux grands plats et une coupe, décor en couleurs; sujets à figures et arabesques.

61 — Italie. Compotier à godrons, émaillé noir à reflets.

62 — ITALIE. Plat creux : Figure de Sainte au centre, marli à compartiments. Cadre en bois doré.

63 — ITALIE. Paire de grands vases à anses cariatides et mascarons, décor d'arabesques en couleur.

64 — JAPON. Vingt assiettes, décor bleu.

65 — JAPON. Pot couvert, cinq soucoupes et six tasses ou bols, en bleu et couleur.

66 — JAPON. Huit plats variés de grandeur et de décor, en bleu rouge et or.

67 — JAPON ET CHINE. Sept bols et cinq soucoupes, variés de décor, en bleu, rouge et or.

68 — JAPON. Théière couverte, en couleur et petite cafetière faïence de Strasbourg.

69 — JAPON. Coq sur terrasse, en couleur.

70 — JAPON. Huit assiettes, en bleu et en couleur.

71 — JAPON. Quatre petits présentoirs creux, décor en bleu, rouge et or, et trois plats ou compotiers, variés de décor.

72 — JAPON. Grande vasque, décor en couleur.

73 — JAPON. Fontaine couverte à anse et trois pieds en couleur.

74 — JAPON. Deux cache-pot jardinières, variés de décor.

75 — JAPON. Grosse potiche couverte, forme octogonale, décor bleu, rouge et or.

76 — JAPON. Paire de cornets à base renflée, décor bleu, rouge et or.

77 — LILLE. Deux bannettes à deux anses torses, décor bleu.

78 — LILLE. Deux saladiers, fleurs et bordure bleues.

79 — LOCRÉ. Cinquante assiettes, décor bleu.

80 — LOCRÉ. Trois plats variés de dimension, décor bleu.

81 — LOCRÉ. Cinq sucriers à poudre couverts, décor bleu.

82 — LOCRÉ. Trois tasses et cinq soucoupes, décor bleu.

83 — LORRAINE. Grand plat décoré en couleur et trois corbeilles ajourées en blanc.

84 — Marseille. Console support, à branchages en relief et fleurs en couleur.

85 — Midi. Deux porte-bouquets en forme de commodes, variés de décor.

86 — Midi. Quatre assiettes, un plat rond et un plat long, décor varié.

87 — Midi. Plateau de surtout, monté en suspension, décor en couleur.

88 — Midi. Vasque aplatie à mascarons, décor en couleur.

89 — Moustiers. Grand légumier ovale, couvert à deux mascarons, et lambrequin bleu.

90 — Moustiers. Deux petits plats, arabesques et bordure en bleu.

91 — Moustiers. Petit plat octogonal, décor d'arabesques en bleu.

92 — Moustiers. Deux corbeilles ajourées à anses, décor camaïeu.

93 — Moustiers. Saucière, décor en couleur, avec armoirie et bordure.

94 — Nast. Six tasses droites et dix soucoupes, sucrier, cafetière et théière, à décor en couleur.

95 — Nevers. Deux saladiers, décor en couleur.

96 — Palissy (Genre de). Petite coupe, liseron et lézard.

97 — Palissy (Genre de). Petit plat ovale : femme avec fleurs.

98 — Palissy (Genre de). Plat : fleurs et rinceaux ajourés.

99 — Palissy (Genre de). Plat ovale : écrevisses et mollusques.

100 — Palissy (Genre de). Plat ovale : sujet à personnages.

101 — Palissy (Genre de). Plat ovale : poissons et insectes.

102 — Paris. Paire de jardinières-porte-bouquets, forme demi-lune, décor barbeau.

103 — Paris. Paire de vases porte-bouquets, à fond bleu et réserves à personnages ou fleurs.

104 — Paris (à la Reine). Ravier, forme bateau, décor à fleurettes.

105 — Rhodes. Deux plats, décor en couleur.

106 — Robbia (Genre des). Médaillon rond avec buste d'homme sur fond bleu, bordure à fruits en relief.

107 — Rouen. Aiguière, forme casque, décor bleu.

108 — Rouen. Sept vases de jardin, décor bleu.

109 — Saxe. Assiette à pâte gaufrée et fleurs en couleur ; compotier long à fleurs.

110 — Saxe. Assiette avec fruits au centre, marli à quadrillé gaufré et fleurs.

111 — Saxe. Compotier, forme double feuille, à quadrillés en couleurs et fleurettes.

112 — Saxe. Deux tasses et soucoupes, à quatre lobes, décor de fleurs.

113 — Saxe. Deux petits pots avec couvercles surmontés d'un escargot, décor en couleur.

114 — Saxe. Couvercle de soupière formant suspension, décor en couleur.

115 — Saxe. Saucière à pâte gaufrée avec fleurettes en couleur.

116 — SAXE ET AUTRES. Fleurs et fleurettes, environ vingt-cinq pièces.

117 — SÈVRES. Deux tasse cylindriques, en pâte tendre, variées de décor.

118 — SÈVRES. Six tasses et soucoupes, sucrier et théière, en porcelaine tendre, émaillée en blanc, dentelée d'or (un crémier en porcelaine de Paris complète le service).

119 — SÈVRES. Rafraîchissoir à deux compartiments, en pâte tendre, à deux anses et bouquets de fleurs.

120 — SÈVRES. Six assiettes en pâte tendre, à bord festonné, bouquets de fleurs en couleur.

121 — SÈVRES (Genre de). Deux soucoupes, fleurs en couleur.

122 — (?). Groupe de quatre figurines représentant la Musique, en ancienne pâte tendre blanche.

123 — (?). Trois petites figurines d'enfants, de même porcelaine.

124 — (?). Cinq statuettes en ancienne pâte tendre blanche.

125 — SAINT-PÉTERSBOURG. Assiette à arabesques et bordure en couleur.

126 — STRASBOURG. Trois petites corbeilles simu-
lant la vannerie à deux anses, décor à fleurs.

127 — STRASBOURG. Deux plats ronds à bord festonné, fleurs en couleur.

128 — VIENNE. Deux plats creux ovales, décor
en couleur : branches fleuries et oiseaux.
Bordure dorée.

129 — VINCENNES. Tasse à deux anses, décor
d'amours en camaïeu rose.

130 — WEDGWOOD. Paire de cache-pot, gros bleu
et dorure.

131 — Porcelaines ou faïences variées.

RED. :

16

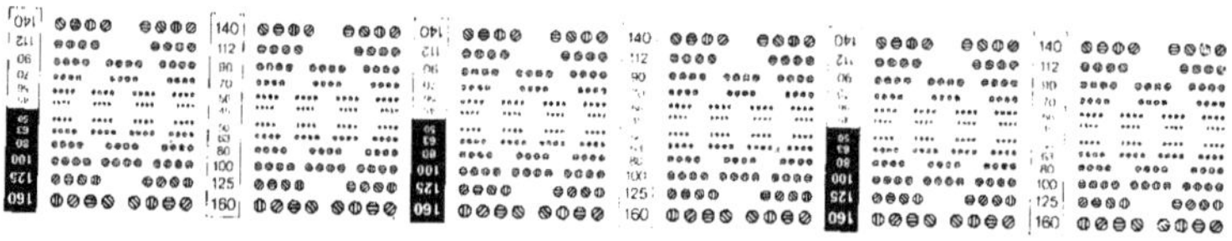

0 1 2 3 4 5 6 7 8 9 10

BIBLIOTHEQUE
NATIONALE
DE FRANCE
****

CHATEAU
DE
SABLE
1996